고등어 눈

시와소금 시인선 160

고등어 눈

ⓒ허승희, 2023, printed in Seoul, Korea

초판 1쇄 인쇄 2023년 10월 16일
초판 1쇄 발행 2023년 10월 21일
지은이 허승희
펴낸이 임세한
펴낸곳 시와소금
디자인 유재미 정지은

출판등록 2014년 1월 28일 제424호
발행처 강원 춘천시 충혼길20번길 4, 1층 (우-24436)
편집·인쇄 서울시 중구 퇴계로50길 43-7 (우-04618)
전화 (033)251-1195 / 휴대폰 010-5211-1195
전자주소 sisogum@hanmail.net
ISBN 979-11-6325-067-8 03810

값 12,000원

부산광역시 BUSAN METROPOLITAN CITY 부산문화재단 BUSAN CULTURAL FOUNDATION
· 이 시집은 부산광역시 부산문화재단 〈부산문화예술지원사업〉으로 지원을 받았습니다.

시와소금 시인선 · 160

고등어 눈

허승희 시집

시와소금

▌허승희

• 부산에서 태어났다.

• 부산대 교육학과와 같은 대학원을 졸업하고 박사 학위를 받았다.

• 2017년 수필집 『스쳐 가는 바람처럼』을 펴냈다.

• 2022년 《시와 소금》 신인상을 받고 시작 활동을 시작했다.

• 첫 시집으로 『고등어 눈』이 있다

• E-mail : sunhuh1119@naver.com

작년 여름 테라스 화단에 뿌렸던 접시꽃 씨앗
웅크려 있던 몸 뻗쳐 울타리를 밝힌다
아침마다 눈 맞추며 웃음 짓는 그녀
고맙다
엉킨 시간 한가운데에서 빈터 지키고 선 그녀
뭔가 자꾸 부끄럽고
뭔가 자꾸 부풀어 오른다
좌광천 바람에 꽃씨 떨구고 돌아서더니
이제 날 찾아온 걸까?
바람과 햇살과 흔적 없는 발자국들과
잊었던 길을 걸어 본다
붉은 그늘 남기고 갈 그녀를 위해 그림을 그린다

| 차례 |

| 시인의 말 |

제1부 봄 · 여름

제2부 여름 · 가을

제3부 가을·겨울

제4부 다시 봄

제 **1** 부

봄 · 여름

봄비

라일락꽃으로 마주 보며 웃던 시간
동백 지하철역 선로에 누워 있다
둥글게 휘어져 빨간 사과가 열렸던 벤치
오래된 옹이가 나를 바라본다

스웨터에 대롱거리는 실밥 하나
익은 눈웃음 풀려 나올까 떼어내지 못했다

내게 오지 않은 날갯짓은 가라앉고
주름진 식탁으로 돌아갈 시간은
열차가 되어 내 앞에 선다

실밥을 떼어내니
발밑에 구르는 빨간 사과 한 알
플랫폼에 서서 출구를 바라본다
언젠가 그대 옹이에 닿아
부드럽게 휘어지던 라일락 묵은 가지
봄비에 젖어 있다

꽃의 체류기

겨우내 얼어붙었던 심장 녹이고
맨 처음 날아 온 새
아린 눈물 한 방울 심어놓고 가고
밤새 씨앗 하나 솟아오른다

맨발로 뛰쳐나와
실핏줄 불끈 세우고
수천 개 입으로 한목소리 외치며
뿌리를 세우기 위해 애쓴다

낮밤을 잇고 몸을 보듬어
앞다퉈 봄을 피워내는 꽃들
푸른 맥박들이 걸어 나오고
앞뒤 없는 잡초들 어깨 토닥이며
봄을 건설한다

얼어붙은 내 심장도 한 구석에 심어

봄 한 철 나고 싶다

머지않아 마른 발자국으로 떠날지라도

잡초들 등 어루만지며

기어이 봄을 피워내고야 마는 꽃들 곁에서

압화

책을 펼치니
언제부터 피어 있었는지
접혀 있는 보랏빛 얼레지
잠결에도 초승달로 걷고 있다

겨우내 아프게 피워 올린 꽃 한 송이
하늘 향한 시린 꿈 어디 가고
무심한 바람에 등 떠밀려
갇힌 벽 속에서 소리 없이 웃고 있다

무엇을 생각하는 걸까
어둠 속에 홀로 몸을 누이고 웃는 꽃
실안개 끼던 빛 고운 산기슭 생각하는지
웃음 속에 감도는 물, 불, 바람 소리
책갈피 속에 잠들어 있다

죽어서도 웃는 꽃은 기억하고 있을까

솟아오른 꽃송이 하나하나
불이었음을
펄펄 끓어 넘치던 붉은 용암이었던 때
강물도 태우고
눈물도 태우고
책 속에 미이라로 들어앉았다

시간의 흔적

모전리 물빛 공원 느티나무 한 그루 휘어져 있다 길이 휘어지 듯 나무가 휘는 건 추억에 온몸이 쏠리는 탓일까 여름밤 등 기 대고 섰던 뜨거운 발밑엔 낯선 풀들이 웃고 있다

뿌리내린 땅과 하늘 사이 그 끝은 모르지만 길 데까지 가보자 는 심산인 걸까 말라가는 입술 앙다물고 하얗게 굽은 허리 편다 시간은 어항 속 금붕어 되어 파닥이지만 물지게 지고 달리는 길 이 제 몫인 줄 알기에 제 속의 길을 수없이 오르내리는 느티나 무의 생은 간결하다

꽃 피고 지고 제 자리에 있을 뿐
출렁이는 바닥 홀로 견디며
처음처럼 한 자리에 섰다

십 분 만에

산이 우는 소리 뒷산 새들이 날아오르는 소리 소 한 마리 폭
우를 뚫고 비닐하우스 지붕으로 올라선다 빗물 속 오물에 빠진
몸으로 누운 소 못에 찔려 피 흘리는 다리는 천장 철근 위에 걸
려 있다 물 폭풍에 송아지들은 어디로 갔을까 주름진 입 굳게
다문 농부 구조대에서 내려져 누운 소 입에 찌그러진 바가지로
여물을 퍼준다 일어나라 얼른 일어나서 푸른 들로 가자 태어난
지 한 달 만에 흙탕물에 빠져 죽은 새끼 소들 영문도 모른 채
눈 껌뻑이며 누운 어미 소의 눈물

병든 소의 눈물은 여물통에 빠지고 피와 살에 섞인 눈물이
사람 뱃 속으로 들어가면 물과 기름과 점액으로 흩어질까 컴퓨
터 그래픽으로 재생하면 까맣게 탄 어미 소의 속내가 보일까

십 분 만에 물난리
특별재난지역으로 지정되었다고 활짝 웃음 짓는 농부 곁에
절름거리는 다리로 새끼 소 찾으러 두리번거리는 어미 소 까만
가슴 속이 특별재난구역이다

봄빛 속으로

내 상상 밖에서
작약 한 송이 눈을 떴다
간혹 눈 맞추며 바라본 사이
꽃잎은 지고
한발 늦은 발걸음을 아쉬워하던 틈새로
씨방은 언 땅 디디고 섰다

내 상상 속에 든 꽃은
고개 내밀 수 없는 땅속 떠다니며
겨우내 헛발 디디다 눈물로 젖은 바닥
봄볕 꺼내 말린다
머뭇거리며 손 내밀던 높새바람
그 손 잡지 못해 떨어져 내린 꽃잎들
아직 비바람에 허둥대지만
겨울 속에 봄을 품고 섰다

돌아보면 눈부신 시간

꽃 피고 지고 구멍 난 틈새 사이로
각시 나비는 날갯짓한다
아직 시작되지 않은 겨울을 알면서도
둥글어진 어깨로 선
내 상상 밖의 그녀
꽃잎들이 푸른 물소리를 낸다

시집 한 꾸러미

눈 반짝이는 시집 한 꾸러미 만 원
수십 개 눈동자들이 나를 올려다 본다

봄밤 보수동 책방 골목에서
시집 위를 거닐던 시인들
구겨진 원고지 감추고 나를 부른다

오래된 미래 속에서
홀로 춤추고 있던 시인들
책 꾸러미를 풀자
길고양이처럼 눈을 빛내며 다가온다

거미줄 낀 시집에 푸른 피가 돌고
시조새가 화석에서 깨어난다
대낮에 별이 보인다

꽃비 속에 나비가 어지럽게 나는

동굴 속을 거닌다
홀로 춤추는 자들의 노래를 듣는다
노래 속에 흐르는 불타는 구름 한 점
토성에서 화성으로 가고 있는 중이다

별빛 담은 나무

보문 호수에서 만난 친구
한 그루 빈 배롱나무로 앉았다
잎 짓고 꽃 짓느라 텅 빈 친구는
노을 속 주름진 시간을 풀어 놓는다

아직도 눈 떠 있는 친구의 흉터
호수는 잔잔한 물무늬 속에 흘려보내고
흩어진 물무늬 속엔
고장난 초침들이 떠다닌다

별빛은 폭포수 되어 쏟아져 내리고
빗금 치며 내려오던 별 대신
새로 태어난 별 하나 가슴에 담은 친구
우리는 별 하나 가슴에 안고 헤어졌다

얼마나 가라앉아야 우리도
빗금 치며 떠돌다 갈 먼 별을 향해

날 수 있을지

웅크린 산 그림자는 호수로 내려오고

저녁 동박새 한 마리 노을을 끌고 간다

쌍봉낙타

쌍봉낙타가 바얀고비*를 걷는다
시웨트산*건너 모래와 초원 속
굽은 등에 남은 몇 가닥 털 움켜쥐고
쌍봉 사이에 몸을 실은 나
유월 한낮
태양은 매운 눈을 뜨고
모래바람은 따가운 채찍 휘두르지만
육봉 속에 눈물 감추고
태엽 감긴 인형이 사막을 건넌다

낙타를 내리고서야 부끄러움이 일었다
폐허가 된 집 문풍지처럼
움켜쥔 털이 모래바람에 날리던 사막
겁먹은 손가락
보드라운 옆구리살 파고들던 구둣발

낙타 발걸음은 흔들리지 않았다

마두금 가락에 별빛이 흐르고

밤이 되면 바람과 모래와 별을 등에 업고

야생으로 돌아가는 숨결을 찾을까

떼어놓았던 새끼 낙타를 끌어안는다

* 바안고비 : 몽골 엘승타사르해에 있는 작은 고비사막
* 시웨트산 : 몽골 바안고비 사막 남쪽 바위산

나비의 여행

벚꽃잎 나부끼다가
돌멩이 날아오르는 행간 사이
누구에게도 마음 준 적 없는
배추흰나비 한 마리 떠돈다

마른 땅 아래로 뒹구는 말들
유튜브 속에선
빛 좋은 말에 체한 가슴이 늘어나고
나비는 야위어 간다

술래 없는 숨바꼭질 이어지고
떠도는 날갯짓 따라 울고 웃는 한 밤
무너져가는 눈빛 세우지만
빨강 파랑 노랑으로 뒹구는 말들 속엔
빈 바람 소리만 들릴 뿐

새벽 별 하나 울다 가고

누구와도 말 붙이지 못한 나비는
모하비 사막으로 날아간다

잡풀 더미에서 풀반지를 찾을까
문고리 잠긴 벽장 속에서
정답 없는 퍼즐 맞추기가 한창이다

월식

매일 밤 우편으로 부쳐져 오던
너의 타는 눈빛
오래된 소포가 배달되지 않아
하늘길 살핀다
내 그림자에 가려 어두워져 가던
눈빛 하나
누군가의 눈물이 되지 못한 발자국이
별이 되어 나를 바라본다
돌아오지 않으리라던 너가
그림자 걷고 뜨거운 속살 내미는 밤
어둠에 붙들린 너를 보며 짖다
목이 잠겨버린 강아지 한 마리
털을 움츠린다
그림자로 메워지다 빛이 돌고
비로소 맨살 드러내는
너의 마음 아는지

눈을 맞추다

언 땅에 발을 숨긴 청수국이 눈을 뜬다 다가가 눈을 맞추니 새순 속에 또 새순들 겨울 한 철 흙에서 삭혀 나와 봄볕에 허물 벗고 섰다

푸르름 짙어지고 제빛 다 하는 날 막다른 길목에 선 얼음강 다시 건널 테지만 출렁이는 땅 위에 고개 내밀고 또 한 세상 지나갈 채비를 한다

청보라 꽃봉오리 피울 순 없어도 겨우내 상한 마음 흙 속에 삭여 푸른 맥박으로 일어서고 싶은 봄날 아침 홍매 꽃피우는 소리 한창이다

저녁 길

하루를 비우는 박새 행렬을 보며
집으로 가는 길
사거리 게시판에서
웰빙 스마트 시티를 만들겠다는
지자체 당선자의 붉은 덧니를 본다
작업복 공동세탁소를 짓겠다던
큰 소리 내지 않는 당당함에 뭉클해졌던
가난한 후보자의 현수막은 찢겨 날아가고

길을 건너니 기다렸다는 듯
건네주는 전단 한 장
근처 장례식장을 새단장한다는 문구를 보며
지구별 벗어나기까지
벗어야 할 숱한 껍데기들을 생각해 본다
비겁한 웃음 속에 껍데기를 입고 살까
돌아갈 길 잊어버린 저녁

스마트 시티가 동굴 속에 갇힌 도시

가공된 웃음과 울음이 날리는

텅 빈 거리를 걷는 내가 날아오르고

노을은 휑한 눈으로 앞산을 내려온다

빗방울 유희

늦은 밤
유리창 한쪽에 서 있던 빗방울들이
탈춤을 추기 시작한다
유리창은 오래된 무대가 되고
관절을 꺾어 부딪치며
눈물 한 번 흘릴 여가도 없이
순식간에 사라져 버리는 그들만의 축제
나도 함께 춤을 춘다
빗방울 손을 잡고 흘러내린다
바닥도 없이 추락해 버리는 나

어느 역에 닿을 것인지
떨어져 내리는 묵은 상처들
불러내는 낯선 주름
잿빛 흙 한 줌
내 그림자는 어둠 속에 몸을 누이고
어느 산골짝 간이역에서

풀빛 추억 하나로

춤추고 있을 가면을 본다

문이 열리고 닫히다

엘리베이터 문이 열리고
사면 벽 속으로 들어서면
층층이 빛나는 버튼이 나를 기다린다
욕망을 붉게 드러내는 버튼을 누르고
익명 속에 던져진 나는 잠시
상자 속에 갇힌 투명 인간이 된다

지름길이 없는 엘리베이터 올라가는 길
올라가는 길은 욕망의 무게만큼 힘들고
올라갈수록 솟구치는 풍선은 부풀려진다

잘 닦여진 사각 거울 속
부풀어 오른 내 그림자
찌든 민낯이 드러난 정지된 시간
눈치 빠른 거울 눈에서 벗어나고 싶어
하강 버튼을 누른다

문이 열리고 닫힌다

벽 속에서 나온 가면 하나

채워지지 않는 층계가 곁에 서 있다

철쭉이 가는 길

누구도 봄을 말해 준 적 없는데 좌광천 오솔길에 고개 든 그녀 봄빛 속에 온몸 출렁이며 선다 추운 겨울 어떻게 지내왔는지 다가선 내 발걸음에 속울음 삼켜 붉어진 얼굴로 손을 내민다 머지않아 비 내리는 실버들 사이로 바람의 허리 안고 떠날 테지만 뜨거운 살갗으로 벌들과 입맞춤 나누며 선다

제 안에 빛나는 그늘들 온몸으로 뜨겁게 토해내는 그녀 겉돌기만 하던 시간 비우고 싶어 제게 오지 않은 첫 발자국 한 토막 끓는 햇볕 아래 말린다

꽃피는 슬픔과 꽃지는 아픔 사이 살아온 날들 지나고 또 한 번의 봄길 이어주는 그녀 아무 일도 없었다는 듯 꽃씨 하나 바람에 날린다

주소 불명

화단 한 귀퉁이
허공에 짓고 있는 출구 없는 무허가 한 채

철삿줄로 엮은 거미줄에
뜨거운 살점 한 입
어둠 속에 웅크리고 있는 혀

밤낮으로 꽁지 움직여 엮어가는 구애 편지
어둠 속에 파랗게 눈 뜨고
밥을 향해 뜨겁게 솟구치는 거미
은빛으로 포장된 식탁 위에
지나던 나비 한 마리
목 비틀린 풍뎅이

눈물 젖은 식탁을 물어뜯는
거미의 사랑법
곳곳에 깔린 거미줄 속
봄날 가출 신고된 연인들이 늘어간다

제 **2** 부

여름 · 가을

열대야를 보내고

여름밤을 태운
떫고 신 열매 하나
모과나무에 아직 푸르다

아궁이에 깊이 던져둔 불씨 하나로
여름밤은 가을을 여미고
먼 시간 돌아 나온 설익은 화염들
제 속에 돌멩이 하나 앉힌다

둥글어진 어깨로 다시 선 모과 한 알
꽃진 자리 앉아 여린 뺨 내밀고

또 하나 가을이
밤하늘에 홀로 떠 간다

꽃씨 떨어지다

화단에 피었던 유채꽃 지고
마른 줄기만 등 굽어 땅으로 돌아가고 있다
빈 화단에 들르는 건 바람뿐

언제 자리 잡았는지
여린 싹들이 발끝 오므리며 튀쳐나와 있다

내가 몰랐을 뿐이었다
밤새 매운 바람에 부대끼던 야윈 가지들
눈물 글썽이며 땅에 떨어뜨린 꽃씨
슬며시 두 손 내민 흙의 품으로 안기던 것을

모든 게 떠났다고 생각한 자리에도
남아 있는 흔들림이 있었다
한 백 년 꽃씨로만 남고 싶었던 빈터
보이지 않는 꽃씨 하나 남기고
이제 기다릴 바람 없이

젖은 새벽길 돌아나가던 마른 유채

화단에 첫발 디뎠을 때처럼
꽃씨 하나 들고
또 한세상 열고 간다

둥지

홀로 먼 길 떠난 할머니는
마른 둥지 속에서
지붕을 이고 산다
볼 때마다 지붕은 풍선처럼 꺼져가고
어디 바람 새는 구멍이 있을 거라 여겼다

옆구리를 드나드는 비단벌레를 보고 알았다
여기서도 분주하시구나
손주들에게 피 내어주듯 벌레들에게도
살과 뼈 다 내어주고
한 뼘 한 뼘씩 낮은 곳으로 흘러가시는구나

반달 지붕에 찾아온 찌르레기에게도
그루터기 생생하게 날이 서서
베어도 길길이 일어서는 풀들에게도
자리 내어주고 있는 할머니

깊은 산 어둠도 깊어

길 떠나기 전처럼 둥지를 부둥켜안고 있다

그물에 걸린 고독

고래는 알았을까
달빛으로 짠 그물이 제 몸 감는 줄
슬도 어판장 얼음 바닥
핏빛 눈물 속에 뼈 발려 누운 범고래
몸피가 벗겨지고
남은 가시 갯바람에 밀려간다

마지막 숨에 환호하는 구경꾼들
폰에 부끄러운 살과 허기진 뼈가 담긴다
아침이면 수면 위로 머리 내밀고
푸른 숨 몰아쉬며 피우던 하얀 꽃들
무덤 위로 흩어지고

고래 빈속을 누구라서 알까
비운 속을 누가 찾아와 채울까
여름 한낮 사지 뻗고 누운 바닥
언 땅 그물 없는 하늘 찾아갈는지

어판장 옆 눈가 붉어진 남천 한 그루
얼음 무덤에 손을 내민다

엘리베이터 속에서 나비를 보다

꽃을 찾아 헤매던 오색나비
엘리베이터 속으로 들어선다
더듬이로 입술 닦아 꽃향기 지우며
보이지 않는 하늘 찾아 날개를 편다

겹눈 치켜뜨고 위로 날아오르지만
벽도 모서리도 몰라 지쳐가는 날갯짓
돌아오지 않으리라던 너가
낡은 소매 걷고 뜨거운 손 내밀던 밤
내 그림자에 가려 얇아져 가던 눈빛을 본다

엘리베이터 속 어디에도 자물쇠는 없는데
금단의 선을 긋고 바라볼 수밖에 없는 너
쓰다듬어 주지 못하는 날갯짓이 아프다

문이 열리고
구부정한 만남과 끝 모를 이별 속

홀로 견뎌야 할 불면을 날개에 업고
나비 되어 날아간 너
푸른 발바닥은 먼지가 되어
라일락 꽃잎 위에 앉는다

분꽃씨처럼

깊은 그늘을 기웃거리는 사이
여름이 갔다
홀로 화성에 떨어져 있는 것 같고
푸른 뺨 내미는 모과가 얄미워지는
써놓은 글 자꾸 지워버리고 싶은
가을이다

붉은 스카프 풀어놓고
뜨거운 가슴 드러낸 가을 산
헐렁한 양말로 자꾸 벗겨지는 물잠자리는
먼 시간 속을 돌아 나오는데
사랑이라 불렀던 발자국들은
빨다 만 막대사탕으로 녹아간다

화단에 서서
말라가는 분꽃들을 들여다보니
붉은 속살 비집고 나온 까만 눈동자들

나를 올려다보고 웃는다

주름살 가는 변죽 그만 울리고

분꽃씨처럼 여물어갈 준비나 하라는 듯

휴 휴 휴 (休 休 休)

장롱에 접어두었던 여름 모자를 꺼낸다
망사 끝에 달린 구슬들이 웃음소리를 낸다
코타키나발루 해변에서 흔들렸던 웃음
모자 속에서 모래바람이 출렁인다

모래알에 두 줄로 찍혀진 발자국
뒤돌아보니 젖은 발자국만 남고
밤새 현관 앞에 서성이던 마른 구둣발 소리
낯선 별을 찾아 떠났다
모래알, 그 휴 휴 휴

여름내 기울어진 어깨 바로 세우고
모래에 흩날리던 뜨거운 숨결들
접어서 장롱 속에 넣으려니
모자 끝에서 구슬 하나 떨어진다
먼 해변은 추상화가 되어 흔들리고
빈자리에 맺힌 실밥들
발끝으로 매달려 있다

빈 손

돌담에 푸른 달이 걸렸다
울타리 넘어 온 호박 하나
눈길 주지 않은 사이
꽃 떨어진 자리 붉게 여미고
하늘 머금고 서서
어깨 너머로 여름을 안아 올린다

물병에 올려놓은 고구마 되어
제 몸 오그라드는 사이
싹 틔우고 잎사귀 올린
몸 비운 넝쿨
좁은 틈새 비집고 올라와
등 떠밀며 뻗어나가던 땀방울 잊은 듯
울타리 한쪽에 물러서서
두 손 모아 잡고 섰다

자식 바라보는 얼굴 훤하다

사과 한 알

손목시계가 멈춰 선다
내 눈을 먹고 살아 온 초조한 초침 소리 대신
고요가 밀려온다
커피머신에 떨어지는 물소리가 들리고
거실에 어둠이 낯설게 다가온다

내가 가진 것 같지만
나를 주머니에 넣고 다니는 시계
시곗바늘에 흔들리며
밥 먹고 목 매단 내가 있다

식탁 위에 놓인 풋사과 한 알
화면을 되감아 푸른 가지에 매달고 싶은 저녁
초침은 뒤도 안 보고 제 갈 길 가버린다

시계에 매달려 질식해 가던 녹슨 못 하나
심호흡을 하고

커피잔에 따른 시간을 마시며
다시 올 사과 한 알 기다린다

넝쿨 꿈

발톱이 자라 칡넝쿨이 된다
제멋대로 자리 잡고 앉은 넝쿨들
가슴 속에 가부좌 틀고 앉았다
자라는 넝쿨들 밤새 쳐낸다

끊어질 듯 이어지던 넝쿨이 벽시계에 감겼다
길 위에서 사라져 버린 장미 꽃잎들
흩어져 간 도요새 날갯짓들
나도 모르게 엉켜 걸어갔던 수만 갈래 길들이
벽시계 속에서 얼굴을 내민다

나를 찾아야 한다는 교수님 말씀
나를 버려야 한다는 스님 말씀
엉켜버린 넝쿨이 하늘을 걷는다
요약될 수 없는 나는 어렵다

넝쿨을 찾거나 버리거나

외발자전거를 타고 지나가야 하는 길
넝쿨은 미로 방정식이다

달빛 아래 동전

바닥에 떨어진 십 원 동전 하나
아무도 거들떠보지 않는 녹슨 노숙자
밟히고 찢긴 발자국들

검은 땅 이름들 위에
낱낱이 흩어져 모이는 달빛

거센 바람에 떨어져 내린 은행잎 하나
동전이 숨기고 싶은 상처 덮어주고
주름진 바람은 길가에 누웠다

어두운 골목길
전봇대는 비틀거리고
달빛에도 반짝이지 못하고 누운 돈
해진 신분증과 낡은 구두 뒤축
사이에서 흔들리는 발자국들

달빛이 낮은 발걸음으로 다가가

굽은 등을 쓰다듬는데

돌아눕지 못하고 가라앉기만 한다

망상 해변

흙 마당에 팽이가 돈다
채찍에 감겨 돌다 제 자리에 선다
망상 해변에서 구름만 보고 돌아온 날
팽이가 된 나를 본다

조개껍질이 된 굽은 어깨로
퇴화된 시간을 꿰매던 서툰 바느질
헐거운 옷 입고 선 내 그림자를 본다

모래 바람에 내 발자국 하나 감출 수 있을지
입술 앙다물고 선 바다는
걸어간 만큼의 길을 보여줄 뿐

꽉 채운 속주머니 털어내고
지루한 구두 벗어 던지고
한 사흘 파도 속에 잠겨 있으면
눈빛 깊어진 고래 한 마리 만날 수 있을지

망상만 건네는 겨울 바다 뒤로
납덩이가 된 물거품이 몰려온다
돌아서는 내 발자국 밟고 오는 물거품들
망상 해변을 두고 왔다

바람 부는 날

택시 승강장
앞에 선 남자의 굽은 목덜미가 눈에 들어온다
언 산 위에 밤새 내리던 눈발
눈 감아야 보이던 그 얼굴이 떠오른다

너무 오래 가까이 느끼는 허기
마른 잎 하나 발밑을 구르고
웅크려 있던 문이 나를 따라온다
갔던 길을 돌아 나와야
다른 길로 갈 수 있다는 생각에
오래 전 아무렇게나 닫고 나온 문을 연다

열매 맺지 못한 명자나무 잎사귀는
발끝에 질척거리고
햇빛 따라 살아나는 바튼 기침 소리
타올을 바꿀 때 나는 오래된 냄새들
낡은 문을 되짚어 나오며

허브 향 비누를 올려놓는다

승강장 바람이 차다
목덜미 굽은 남자는 보이지 않고
내 속에 눈 쌓인 산을 세운다

사과꽃 진 자리

높새바람이 사과나무를 흔든다
흩날리는 꽃 속에 네가 서 있다

사과꽃 피었다고 하얗게 웃던 사람
너는 나를 알아보고
꽃 속에서 걸어 나와 내 안에 선다

말라가던 심장에 피가 돌고
휘어진 몸에 푸른 잎사귀들이 돋아난다

사과꽃 줍느라 네 어깨를 안아준 적 없는 나는
꽃 속으로 걸어 들어가
너를 안는다

숨겨두었던 봄볕을 토해내는 너
몸에 남은 사과꽃 향기 모두 태우고
숨을 멈춘다

벽을 견디며 지나온 시간 속에
풋사과 한 알 바닥에 떨어져 있다

아직도 남은 어둠

젖은 바닥에 머리 숙이고
빗물에 몸 맡긴 역 앞 노숙자
늦은 밤 풀리지 않는 어둠 속에서
하늘 향해 두 손 벌린다

그에게도 있었을
봄밤 뜨거운 입김
라일락 향기 아래 섰던 꿈은
어디로 갔을까
십 년 뒤에나 다시 온다는 개기일식 보러
안경점 색안경은 동이 났다는데
그의 등줄기를 때리는 빗줄기

눈 한번 감았다 뜨는 사이
낯선 간이역에 서 있는 사람들
찰나에 남겨진 빈터 위에서
거센 빗물도 거두어 가지 못하는

아직도 남은 그의 어둠

장마가 시작된다는 뉴스 속에
젖은 두 손이 보인다

내게 오지 않은 것들

낡은 구두를 벗고 나니
뒤축이 한쪽으로 쏠려 닳아 있다
기우뚱하게 살아 온 길이 보인다

어디로든 갈 수 있었지만
아무 데도 가지 않았던 길
뒤돌아 보니 붉은 신호등이
구두 뒤축에 매달려 있다

맨발로 뛰쳐나온 새싹들
하나씩 손가락 펴 보이는 봄날
하늬바람은 흩어진 꽃잎들을 모으고
때가 되면 제대로 시들 줄 아는 봄꽃은
비를 안고 서 있다

발뒤꿈치에서 출렁이는 강물
푸른 신호등은 아직 수리 중이다

묵호 어시장에서

하늘색 고무통에 담긴 낙지들
묵호 구경하러 걸어 나오면
빨간 고무장갑 하나
집 나온 낙지 붙들어 앉힌다
영풍호 횟집 고무장갑은
초여름 둥지 드나드는 제비처럼
해안가 갈매기 살찌우는 손
옹심이 빚는 앞집 할머니 손이다

오후 네 시 묵호항 그림자에
낙지가 매달린다
노을은 등 굽은 물통 위로 쌓이고
어깨는 자꾸 한 쪽으로 처지지만
변덕 많은 파도 견디며 흔들리고 온 사이
넘어지지 않으려 앞뒤 흔들리며 가는 길

집 못 버린 볼 넓은 고무장화 하나
질펀한 바닥 딛고 섰다

제 **3** 부

가을 · 겨울

고등어 눈

마트 진열대 고등어 한 마리
충혈된 두 눈 뜨고 있다
얼음 속에 누워 출구를 바라본다
닫힌 문 사이로 파도가 보이는지

꽃불 찾아 솟구쳐 올랐던 헛발질
달빛 그물에 엮여버렸다
하늘은 종잇장이 되어 구겨지고
토막 난 꿈은 살 속에 박혀 뜨끔거린다

살다 지쳐 넘어지는 날
허공 속에 무수히 구멍을 내고
달리던 열차 마지막 칸에서 뛰어내렸지만
빈 눈에 고인 건 짠 바람 뿐이다

푸른 등은 도마 위에 올려지고
바다의 심연에 가 엎드린 눈
바다는 아직도 두 눈을 뜨고 있다

나이를 먹다

텃밭에 엉켜 있던 고구마 줄기
흙 묻은 손톱은 속살과 껍질 사이에서 머뭇거리며
시간의 각질을 벗겨낸다

눈이 어둑하니 경계가 모호하다
다른 이의 속살에 느닷없이 생채기를 내고
벗겨도 껍질뿐인 속살이 들춰질까
숨김과 물러섬에 길들여질까
얇은 손끝에도 통증을 느낀다

줄기를 벗기다 말고
식탁 위에 쌓인 껍질을 내려다본다.
잘못 벗겨진 속살들이 나를 올려다본다

껍질과 속살을 한데 모아 보듬어 본다
이나 저나 한 바닥에서 흘러나온 것들
나이를 먹으니 경계가 없어져 버렸다

기울어진 식탁이

손가락 사이로 빠져나간다

철암역에서

탄광 역사촌 표지판
V자 그리는 여자의 하얀 손가락 사이로
검은 눈이 내린다

눈보라 속 떠돌던 구성진 가락
강원 식당에서 막걸리 건네던 굽은 손들
창백한 소나무 가지에 눈꽃으로 걸리고
깊은 숨 들이마시던 트랜지스터라디오는
오래된 갱도에 갇혔다

전시관 한쪽에 구겨져 있는 연탄 아궁이 속에서
나를 바라보는 희뿌연 눈빛들
모나고 금 간 얼음 파편으로 가슴에 박힌다

언 발 버티고 선 소나무
온몸으로 눈덩이 견디고 섰는데
은빛으로 포장된 재 묻은 눈물들

곤드레밥집 처마 끝에 고드름으로 달리고

폰에 담긴 탄광촌 겨울은
얼지도 녹지도 않는다

물손

기장 갯가 바위틈에서
까만 고무 옷 벗던 노파
귀퉁이 해어진 테왁 내려놓고
문어 전복 든 망태기 내민다

해녀 할매 갈라진 손바닥에
주저앉아 있는 슬픔
물결 위에 업혀 간 뼈와 살들이 까마득하다
바닷가에 몰려 와 모래성 쌓는 아이들 보며
언젠가는 꽃눈 틔우리라 믿었지만
빈 밥그릇 하나 챙긴 물갈퀴 손

유월 한낮
사람들은 저마다의 초침으로 흘러가고
노파 곁에 활짝 핀 해당화 한 송이
수심 향해 목을 내민다

나의 왼발

낡은 카펫 위로 봄 햇살이 고인다
왼쪽 모서리에 있던 연꽃잎이 고개를 든다
색 바랜 얼굴로 버티고 선 꽃잎들
꽃 피울 약속 잊지 않으려
해진 실오라기 사이에 매달려 있다

방 안에서도 바깥만 보고 선 거울
햇살은 먼지 낀 거울을 비추고
진흙 속에서 발돋움하던 실뿌리들이 보인다
연잎은 호수 위로 떠 올랐지만
뿌리가 잘리고 꽃 피울 수 없던 때
실오라기마저 버리자는
작별 인사 한번 제대로 못했다

아직 돌아가지 못한 바람은 맨발로 서 있고
아무 데도 갈 수 없었던 나의 왼발
옆구리 해진 카펫 위에 올려져 있다

내비게이션

네가 있어 든든하다
묵은 친구 되어 곁을 지키며
눈 깜박거려 주지 않았다면
길섶에 버린 주름은 늘어나고
나는 아직도 거친 산야를 헤매고 있을 테지

애먼 짓 하며 먼 길 돌아가도
처음처럼 손잡아 주고
입에 넣었다 밀어내 버리는 마른 말
너는 못 하지
삼키느라 목이 메이지

노을빛 강물 따라 함께 흐르며
안개비 여우비 모두 맞아본
곰삭은 목소리로 속삭여 주지
작은 바람에도 흔들리는 나에게

산 메아리는 울음 보듬고
와이퍼는 연신 눈물 걷어내던 날
캄캄한 시간 밝히며 내 곁에 앉은 너를 보았지
네 속도 모르는 나를 데리고
몇십 년 쪼그려 앉은 강물을 보았지

붉은 꽃잎

석쇠 위에 올려진 몸부림을 씹는다
달구어진 몸통 꿈틀거리며
바닥이 될 때까지 버틴다

질겼던 젊음이 저랬을까
어느 순간 몸부림을 포기해야 할지

구름 속에 집을 짓고 부수던 날들
칼금으로 그어진 탁자를 타고
고래를 따르던 푸른 웃음소리
긁을수록 가렵기만 하던 생채기들
바람에 떠밀려 선 소주잔 속
낡은 칼날 아래서도 피워내던
피튜니아 붉은 꽃잎이 떠 있다

수다를 떨이한 빈 접시 위에서
꿈틀거리는 꼼장어 지느러미

오월 아침 바다로 가고 싶은 걸까

뭉쳐진 어둠은 내 등을 떠밀고
타클라마칸 사막으로 간 고래는
석쇠 위에서 까맣게 타고 있다

떨이

늦가을 밤
노점에 내놓인 헐벗은 가지 세 개
아무도 눈길 주지 않는 골목 끝에
외딴섬으로 앉았다

바람이 앗아간 보랏빛 꽃잎은
어디로 날아가고 있는지
누군가에겐 떨이가 되고
누군가에겐 꽃송이 너머 고개 내민
마지막 강물이 되는 길

보랏빛 입술 가진 여자
벼랑 끝 목숨 길가에 내려놓고
빈손으로 떠날 준비를 하고
미이라가 되어버린 꼭지 위엔
철 지난 시간이 얹혔다

막차

때로는
가을에도 눈감지 못하는 여름꽃이 있다

꽃무덤 속에 홀로 눈 떠 있는 접시꽃 한 송이
바람벽에 웅크려 서 있다

허공에 씨앗 내려 창창했던 날들
햇살과 온기 오랜 웃음들
기대어 살아 온 바람은 어디로 간 걸까

산새는 날개 접어 서성이는 가을 저녁
미처 돌아가지 못한 바람은
들판을 떠도는 깃털 하나 보듬는다

더 이상 채울 수 없는 가방 하나 들고
출구 없는 막차를 기다리는데
홀로 선 접시꽃 눈 속에
그림자 투명한 눈썹달 하나 떠 있다

깃털 하나

퇴근 후 집으로 가는 길
보도 위에 검은 깃털 하나 내 발을 밟고 선다

허기진 바람에 날리는 깃털은
길옆 무인 주유소에 내려앉는다
알바 하던 집 없는 아이는 어느 모퉁이에서
떨어진 깃털 되어 구르고 있을지
새는 날개 털고 하늘로 올라가고
먼나무 꽃잎 하나 바닥에 누워 있다

육교 위에서 무릎 꿇고 두 손 벌린 남자
허연 머리 위로 아픈 꽃잎들이 내려앉는다
가슴 속 굳어버린 옹이 붙들고
떠도는 깃털 되어 흐르는 사람들

갈 길은 먼데 비가 내린다
출구 잃은 바람은 어둠을 안아 올리고

젖은 깃털은 길섶에 앉아

얇아져 가는 내 발걸음을 본다

못

목줄 쥐는 벽 위에서 풀려나지 못하는
죽은 듯 살아있는 동행이다
벽에 기대어 상처를 남겨야 하고
긴 터널 빠져나가고 싶어도
벽 없으면 무너질까 벽만 바라고 섰다

멍 자국 움켜쥐고 벽이 되어가는 사람이 있다
잠자듯 살면서 못이 되어가는 사람이 있다
굽이진 골목길 돌아가면
안개 속 얼굴들이 보일까

늘어나는 멍 자국 붙들고 사는
가슴에 숭숭 구멍 뚫린 벽을 모르고
손끝 오므려 문 두드릴 줄만 아는
붙박인 강철 하나
늦은 밤 대문 앞에 선 엄마를 본다

바람이 불어 간 자리

떠도는 섬과 섬 사이
푸른 점선으로 다가오는 길 위에
먼 안부를 전하는 다리
제 그림자 밟고 서서
지나간 시간을 길어 올린다

내 손에 온기만을 담으려다
손 뻗어 보지 못한 발자국들
가까운 섬 에둘러 먼 길을 왔던
납덩이가 된 말들
일몰과 일출 사이에 떠 있다

한때는 구름이던 강물을 본다
나보다 더 큰 그늘을 밟고 지났을
낡은 구두 한 짝
발꿈치 들고 서 있다

고장난 시계

햇살이 썰물 되어 빠져나가는 오후
내 발자국을 거머쥐고 살던 초침은
고요 속에 서서 지나간 노을을 부른다

정지된 화면 속에
만차를 알리는 주차장 경고등이 켜지고
네모난 선 속에 들어서길 기다리는 내가 보인다
누구도 지워내지 못할 금 안에
종종걸음으로 발을 구르던 초침들이 쌓여 있다
주차선을 찾아 무작정 맴돌던 기울어진 시간들
야윈 어깨로 모여 서 있다

하얀 금 밖에서
내가 차지하고 싶었던 것은 무엇이었을까
그때 하늘은 투명한 유리구슬이었을까

늘 그렇듯 초침은

다시 돌아와 거울을 보며
멈추지 않는 아침을 살아낼 준비를 한다
발걸음 멈춘 초침 사이로
다알리아 한 송이 피었다 간다

재개발구역 빈집

만져보지 않아도 휘어진 철근은 차갑다
부서진 콘크리트 벽 사이에서
지나간 온기를 붙잡고 섰다

붉은 페인트로 가위표가 그려진 창문 틈으로
개미들이 두리번거리며 지나간 자리
텃밭에서 호박을 거두던 푸른 숨결

남겨진 온기는
버려지지 못하는 낡은 외투가 되어
저물녘 어둠으로 녹슨 못에 걸리고
바닥도 없는 허기는
지나간 날들을 포크레인으로 묻는다

갈 길 잃은 가을 햇살이
깨어진 담벼락 사이에서
휘어진 욕망을 데우고 있다

가을 햇살이 말을 건다

시골집 담벼락에 담쟁이가 간다 낮은 손 뻗어 이웃 이루고 가을 햇살에 얇아져 간다

가는 곳 모르는 비탈길에서 지친 어깨 바람에 기대앉으니 저만치 가던 햇살이 말을 건다 한 자리에 붙박인 발자국 비바람 견뎌온 멍 자국이 아름답다고

그 한마디에 붉어지는 뺨 멍투성이 마음 열어 등불 올린다 이제 그만 주름진 몸 접고 내려서고 싶지만 앉은 자리 털고 일어서기는 쉽지 않은 일 낯익은 얼굴들 손잡고 오른다 한 박자 숨 크게 내쉬고 더운 손 마주 잡고 오른다

재활용센터 장미 넝쿨

재활용센터에 간다
녹슨 콘센트 날개 잃은 선풍기
한 살림 차려져 있다
손때 묻은 기억이 기지개를 켜고
한 번도 눈 맞춰 본 적 없는 눈동자들
젖은 눈빛으로 나를 바라본다

콘센트에 전원을 넣는다
선풍기에 날개를 단다
뒷걸음질 치는 오늘이
중고 된 어제로 돌아갈 수 있을까

노을 속으로 저녁이 안기고
심장이 이식되고 간이 잘려나간
낡은 컴퓨터를 들고 일어선다

한때 폭풍우와 아지랑이 날리던 봄 뜰

함께 심은 장미 넝쿨은

눈 끝 어디로 뻗어가고 있는지

재활용센터에 넝쿨 한 줌 내려놓고 온다

풍장

자비암 들어가는 양지 녘
바람에 휘청이는 고사목 서 있다
늙은 소 울음으로 서 있다

이제 그만 몸을 바꾸라는
독경 소리
가지런히 묶여 염한 몸
새들에게 내어주고
한 천년 견뎌온 뿌리
날개 털고 일어날 벌레에게 내주라 한다

잠시 눈 감은 사이에 봄 길을 이룬
버드나무 연둣빛 물결
모과나무 움트던 봄밤은 어디로 갔을까

추억으로 굽은 마른 목숨
노랑나비 여린 날갯짓에
풍경소리 떠 있다

제 **4** 부

다시 봄

늙은 거미의 독백

나는 거미다

졸리면 아무 데나 움집 짓고 자고

배고프면 그물 던져 파리 한 마리 기다린다

바둥거리는 몸뚱어리 줄로 말아

입에 녹여 먹는 맛은 진수성찬 부럽잖다

무단거주 들켜도 당당하게 나와서

버려진 집 찾아가면 되고

폐가 부엌에 줄 치고 앉으면 하루 벌이도 수월찮다

사마귀를 만나기도 하고

공중 줄타기하다 다리 하나 잃기도 하지만

더 이상 바라는 게 없어

이 세상 두려운 것도 없다

애써 지은 집 철거되던 날

거친 들판으로 떠날 준비를 한다

충혈된 눈동자 독 묻은 입술 빗방울로 씻어내고

그물에 걸렸던 잿빛 얼굴 잊고

어둠으로 앉았다

자유다

홀로 서기

봄꽃을 말린다
거꾸로 서서 말라가는 꽃은
겨울로 가는 먼 시간 여행을 떠났다

제 속을 하얗게 비워내기 위해
햇빛과 비와 바람의 손끝을 뿌리치고
홀로 서기를 시작한다

당당한 노인네 결기가 느껴져
고요한 벽 위에 걸어 두었다

모래바람 속으로 떠났던 꽃은
한 줌으로 줄어든 가벼움으로
고개를 든다

깡마른 얼굴에서는
결별을 고하는 긴 새벽과

겨울밤 뒤척이던 강물 소리가 들린다

채워진 물 쏟아내고
비워진 향기 담는다

눈을 감고

한 사흘 눈 감고
비늘 덮인 시간과 떨어져 보면 어떨까
꽃불 되어 떠난 홍매화 발자국
나에게 말을 걸어 올까
숨 가쁜 발자국들이 오가는 교차로 앞에
한쪽 뒤꿈치만 닳은 구두 한 짝
신호등에 걸려 있다

오는 소리 반기지 못하고
가는 소리 스쳐 지났던
보이지 않는 뱃길은 저 홀로 흘러가는데
멈춰버린 시계는 숲속에 버려져 있다

테라스 울타리 위에서
접시꽃이 꽃봉오리 열고 웃는다
언제부터 그 자리에 서 있었을까

눈 감은 사흘에

꽃 피울 동안 웅크리고 있었을

바람 소리 새 소리 나비 웃음소리

꽃잎 열고 오는 소리 보듬지 못했지만

몸 비우고 가는 소리 놓치지 않으려

눈을 크게 뜬다

엄마의 섬

나는 엄마에게 작은 섬이었다
자궁 속에서도
젖비린내 떼고 빛 밝은 숨소리 낼 때도
폭풍우 잦은 바다에서 배 띄우고 보내는 목소리

"밥은 먹고 다니냐?"
"남들대로 살거라"

모래바람 끝에 앉았던 갈매기
바람이 전하는 말은 쉽게 잡히지 않았다
휘저으며 하늘을 뚫으려던 날갯짓
가파른 시간 언덕에 홀로 서고
뒤돌아보니 중심을 잡으려 기우뚱거리던
내 발자국만 남았다

여름밤은 걸음을 멈추고 내게 묻는다
남겨진 발자국은 무엇을 기다리는지

물곰팡이로 피어오르는 엄마 목소리

모래밭 속에서 몸 삭여 일어나

시월 바람은 엄마 섬에 가고 싶다

잃어버린 말들

친구가 보내온 문자
상처 난 발자국이 찍혀 있다
라벤더 한 송이와 눈물 두 방울
이모티콘으로 답을 보낸다
종달새의 웃음과 사월의 봄비 소리는
반값으로 세일 중이다

납덩이가 된 눈물방울은 굳어가고
손가락 사이로 빠져나가는 시든 라벤더 향
닫힌 입술에 꽂혀 있던 뭉클한 말들은
물기를 잃고 허공을 떠다닌다

혀 어디쯤에서 눈물로 돌아서던
젖은 말이 생각나
서랍 속에 넣어둔 심장을 꺼낸다
심장이 마르기 전에 커서를 눌러
석양을 보며 오래 서 있던 동박새 한 마리

안부를 묻는다

하마터면 놓칠 뻔했던
벼랑 끝 꽃 한 송이
노랑부리저어새 한 마리 울다 간다

장미에 끌리다

오월 하늘을 안고 선 여자
물길 찾아 사막을 건너 왔다
붉은 날개 반쯤 열어 바람을 안아 올리며
죽어서도 가시 매달고
등 돌린 나비 불러 앉힌다

알면서도 빠져들고 싶었던 막다른 길목
발끝에 떨어진 녹슨 웃음을 보았을 때
망설임 없어 사막으로 떠난 여자
부르튼 발 감추고
통째로 타버린 숨결로 검붉은 꽃을 피워낸다

돌이킬 수 없는 줄 위에서
외줄 타기를 시작하는 여자
넝쿨은 모른 척 기다려 주지 않지만
삭이지 못한 가슴 별 하나에 감추고
혼자 피고 갈 줄 안다

속내를 드러내지 않는 꽃

가시가 피를 깨운다

춤추는 연필

연필을 깎는다
살이 저며진 뿌리 속에서
견고하고 깊은 혀를 드러낸다

지붕도 없이 지은
낡은 신발 널린 집 허물고
서늘한 그늘막 하나 짓고 싶어
밤새 제 살 깎아내며 춤춘다
허공을 나는 여윈 혀 하나

하늘로 솟구치다 땅속으로 가라앉고
잠시 고개 내밀다
안개 속으로 숨어 버리고 마는
기역 니은 디귿 리을
가까이 가면 달아나 버릴까
멀리 바라보고 앉은 한밤중

절벽 끝에 홀로 선 두려움으로

밤새 현관문 열어 놓는다

새벽 하늘 열고 올 그대

이슬에 입 맞추며 춤추고 오길 기다린다

연필을 다시 깎는다

삭제된 메시지

지워도 속까지 지워지는 건 아니다
숨겨야 할 벽이 있는지
지워진 문장 속에는
포르말린에 잠겨 박제된 속뜻이 있고
자물쇠가 잠긴 겹겹의 문이 있다
그 속을 어지럽게 날아다니는
수천 마리 나비들
멋대로 굴러다니는 엉킨 실타래들
무심한 척 넘어가 보려 돌아서지만
지워진 흔적은 가슴에 금을 긋고
돌멩이 하나 들여앉힌다.
지워진 여백 한 귀퉁이에
어디로 갈지 몰라 허공을 떠도는 문자들
벽 안에 숨어 종이비행기를 날리는 그
땅에 떨어진 나비를 에둘러 문밖으로 내몬다
문턱에 서서 사납게 짖어대는
개 한 마리도

물티슈

바닥 보이는 땟자국도

마다않고 닦아주고

제 마음 알아줄까

아낌없이 속살도 내어준다

하수구에 빠져 냄새나는 발등도

하얀 손으로 어루만져주고

지은 죄 많은 손가락이

자기 몸을 뒤집어 밀치고 당겨도

눈물 마르도록 닦아준다

상처투성이 몸 내던져져도

온기 있는 말 한마디 듣지 못하지만

온몸 가루 되도록 어둠을 닦는다

낮게 가라앉아 걸림이 없는 하얀 블랙홀

누구도 돌아보지 않는 일회용으로

언제나 꺼내 쓸 수 있는 그런 사랑 있을까

문이 닫혔다

여닫이문이 삐걱거린다
세게 밀치니 화를 내며 발버둥친다
경첩에 기름 발라 닫으려 하니
그래도 불평이다
트집 심한 문을 내버려 둔다
닿이는 곳마다 삐걱대고 부딪히다가
호된 바람에 아귀가 맞을 날이 올 거라고

언제부턴가 문이 조용해졌다
문을 밀치고 당겨도 미동이 없다
속을 알 수가 없다

곳곳에 문이 닫혔다
말하는 문 듣는 문이 닫히고
문턱과 아귀를 맞춰 달라고
소리를 지르던 문들이 사라졌다
그새 적당히 휘어지는 법을 알았는지

밤새 발을 구르는 대신 침묵을 지킨다

침묵이 그리웠지만
외려 두려워진 밤
문을 앞뒤로 흔들어 본다

던지지 못한 돌멩이 하나
문턱에 고여 있다

인공눈물을 넣다

가뭄에 지친 눈동자
비명을 지른다

내 안에 호수는 굳어가고
눈 끝에서 말라가는 라일락
눈시울 붉히며 흔들린다

눈물은 증발한 지 오래
물기 없는 기억은 메마르고
꽃비 속 등 돌리던 얼굴도 희미하다
마른 티끌 털어내고 견디며 살아왔는데
두 눈이 사막이다

반쯤 눈 뜬 하늘에 일회용 호수가 고인다
내 낡은 고통 덜어내고
휘청이던 하늘 제 자리에 앉힌다
긴 밤 견디던 편지 찢어버린다

눈 속을 한 바퀴 돌던 물방울
울먹이는 발자국 남기고 떠난다

솔이가 사는 법

솔이의 웃음을 쓰다듬는다
꼬리에서 뿜어져 나오는 햇살에
내 웃음을 포갠다
재어보느라 숨 고르지 않고
한달음에 내닫는 들숨과 날숨
내 조각난 하루를 수선해 준다
돌아올 길 잊어버리는 나이에도
덤비는 상대에게는 끝까지 짖어대는
솔이가 가진 저울은 기울어지지 않는다
뒷걸음질 치는 일은 없다

저마다 살아가는 기울기가 다르지만
솔이의 기울기는 내 등을 닮았다
등을 기대어서야 자는 솔이
하늘 기대어 서는 별빛이다
제게 있는 빛 모두 내게 보내고
허리 굽어 비틀거리는 솔이

열두 살 솔이의 콧수염을 말린다
내 손을 핥는다
내 몸이 별이 된다

메모를 보다

지나간 메모장
모래알 같은 웃음과 먼지들
숨기지도 버리지도 못한
내 얼룩을 본다

바람이 지나고 강물이 흐르고
오래된 이름들 속에 마른 꽃 하나
밀물에 쓸려가던 흔들림이 보인다

남겨진 발자국은 보지 말자고
눈 크게 뜨고 숨 쉬어 보지만
밀물과 썰물 사이
꽃으로 새겨놓은 이름은 내 속에 갇히고
포박된 시간이 허공을 짚고 일어선다

썰물에 남은 그림자 줍고 서 있는
나를 본다

파도를 넘으면 끝이 보일 거라는

부질없는 가설을 버린다

운주사 와불

구층탑 언저리 돌며 사람이 사람으로 사는 땅 꿈꾸던 발자국
들 절 마당에 불두화로 피었다

누워 있는 여래 한 쌍 벌떡 일어나 미륵 세상 일으켜 세울 때
기다렸을까 훤한 하늘로 징검다리 놓아주길 기다렸을까

천불산은 꽃구름 가득한데 나를 밟고 넘어가라는 듯 하늘 보
고 누운 와불은 말이 없다

일주문에 노을빛이 스미고 새 그림자 하나 노을을 끌고 간다
담벼락에 기대어 선 얼굴 없는 돌 아저씨들 억겁 시간 뛰어넘은
속없는 웃음으로 꺼낼 것 없는 가방 비우라 한다

보이지 않는 바닥 들여다보니 더듬거리며 채우기만 했던 허기
들 빈 가방 속에 얼굴 없는 내가 가득이다

독거

홀로 집 짓고 사는 언덕 위 상수리나무는 바람 불면 닿을 수 있는 거리로 떨어져 산다 가을 끝자락 바다까지 간 눈물도 있었지만 허공에 떠 있는 집 한 채 지키며 매운 서릿발 삼키고 서서 어깨춤을 풀어낸다

제 몸 감싸 주던 목줄 풀어지고 빈손 이끼만 발밑에 고일 때 젖은 눈썹으로 새벽별 바라보던 날도 많았지만 잃은 것을 다시 찾지 않는다 청동빛 싹 틔워 돌아올 봄길을 알기에 비에 젖은 옷소매 접고 서서 빈 몸 기다린다

햇빛 따라가던 지난 여름의 흉터 지우고 고요한 그늘 되어 서 있는 그들은 안다 꽃은 피고 지고 제 자리에 있을 뿐 길 위엔 흔적 없는 발자국만 남겨진다는 것을

미확인 메일

수신자 미확인으로 남은 메일이
거친 숨으로 지쳐 있다
가슴에 닿지 못한 말들
어디쯤 쪼그리고 앉아 있는지

날마다 발뒤꿈치 드는 잡풀이 되어
웃자라기만 하는 뒷말들
곰팡이 포자는 컴퓨터 속을 맴돌고
뒤틀어진 말들 사이에 서서
손가락은 낯가림하기 바쁘다

해 저문 우주 골방에서
흔들리는 이름들 부여잡고
시스템 종료 버튼을 누른다
순식간에 사라지는 말, 말들

그 속에

줄타기를 기다리는 누에들이 고치를 튼다

타자 인식을 통한 자기 구현

강 영 환

(시인)

타자 인식을 통한 자기 구현

강 영 환
(시인)

1

　어릴 때 감나무 아래에 앉아서 지저귀는 새소리를 들을 때마다 새와 말을 알아들을 수 있으면 얼마나 좋을까하는 생각을 품은 적이 있었다. 내가 새들 말을 알아듣고 새의 말을 할 수 있으면 참 좋을 거라는 생각이었다. 그 생각은 시를 쓰게 되면서부터 더욱 간절해졌다. 그리고 산행 다닐 때 산길을 헤맬 때도 새에게 길을 물어볼 수 있다면 얼마나 좋을까. 매미 노래를 듣거나 새들의 알 수 없는 지저귐에 귀를 기울이다 보면 나도 매미가 되고 새가 되는 그런 느낌이 간혹 들 때가 있었다. 한때 버스 정류장에서 버스를 기다릴 때 곁에 가로수로 선 은행나무나 플라타나스에 손을 짚고 서 있으면 나무가 내게 말을 걸어오고 있다는 생각이 들었다. 듣고 싶은 이야기가 아니더라도 나무가 가진 생각들이 손을 통해 전해져 옴을 상상력은 놓치지 않고 받아들인다. 그것은 나무들이 살아있기 때문에 내게 어떤 신호를 보내고 있다는 것이다. 눈에는 혹은 귀에는 들리지 않더라도 심상으로 느껴지는 어떤 텔레파시 같은 것이다. 살아있음의 기운이 전해주는 이심전심의 소통이 쌍방 간에 이뤄지는 것이다. 이럴 때는 나도 모르는 행복감이 충만해져 온다.

허승희 시인의 작품을 읽으면 대상과 나누는 그런 쌍방 간에 이뤄지는 소통을 느낀다. 문자로 기록된 시 한 편에서 들려오는 살아있는 의식이 보내는 목소리를 듣고 나의 내면이 반응해서 생기는 교감이리라. 가만히 생각해 보면 시 읽기는 시인과 나누는 교감일 뿐이 아니라 시가 지닌 생명력과 나누는 교감이라는 생각이다. 시와 교감을 나누기 위해서는 시가 살아 있어야 한다는 전제를 동반한다. 살아 있지 못하고 죽어 있는 시라면 나누는 교감은 존재하기가 불가능하다. 시가 혼자서 내게로 걸어올 수 있는 힘을 가져야 그것이 가능하다. 걸어와서 어떤 의미를 담은 말을 내게 할 수 있어야 한다. 그리고 그것이 숨

쉬는 존재여야 한다. 시가 가진 생명력이라고 말할 수 있다. 허
승희 시인의 시가 가진 맥락이라고 생각된다.

라일락꽃으로 마주 보며 웃던 시간
동백 지하철역 선로에 누워 있다
둥글게 휘어져 빨간 사과가 열렸던 벤치
오래된 옹이가 나를 바라본다

스웨터에 대롱거리는 실밥 하나
익은 눈웃음 풀려 나올까 떼어내지 못했다

내게 오지 않은 날갯짓은 가라앉고
주름진 식탁으로 돌아갈 시간은
열차가 되어 내 앞에 선다

실밥을 떼어내니
발밑에 구르는 빨간 사과 한 알
플랫폼에 서서 출구를 바라본다
언젠가 그대 옹이에 닿아
부드럽게 휘어지던 라일락 묵은 가지

봄비에 젖어 있다

— 「봄비」 전문

허승희 시인의 작품은 자기 인식의 시다. 그 방법론은 스스로를 인식하는 방식이 아니라 타자 인식을 통한 자기 들여다보기를 통하여 자신의 존재를 인식해 가는 방법이다.

위 시는 지난 날 스쳐 지나갔던 아름다운 날이 대상이다. 화자는 지하철역 의자에 앉아 그날을 회상한다. 라일락꽃이 핀 오월이었을 것이다. 꽃만 보아도 웃음이 절로 나오는 소녀적이다. 둥글게 휘어져 늘어진 가지에 빨간 사과가 열렸고 둘이는 벤치에 앉아 있다. 데이트라고는 말할 수 없지만 두근거리는 만남이었을 것이다. 나무 의자에 박혀 있던 옹이가 눈을 크게 뜨고 설렘으로 어쩔 줄 몰라 하는 나를 바라보고 있음을 느낀다. 그때 입고 있던 스웨터에 삐져나온 실밥을 발견하고 그것을 상대가 보는 앞에서 떼 내지 못했다. 혹시나 그런 내 모습을 보고 나의 실수를 웃지나 않을까 하는 염려를 가졌던 것이다. 그 후로 피앙새의 날개는 나에게 다가오지 않았고 나는 집으로 돌아갈 시간이 되어 열차가 내 앞에 정거한다. 많은 시간이 지나간 지금, 그 일을 회상할 때 이제는 그 실밥을 떼 내어 붉은 마음을 전해 볼까도 생각을 한다. 발밑에 구르는 빨간 사과는 적극적인 내 사랑의 상징이다. 이제는 플랫폼에 서서 출구를 바라본다. 돌아갈 시간쯤에는 얽매이고 싶지 않은 마음이 담겨져 있다. 다시 그때 그 옹이같은 눈동자와 마주한다면 부드럽게 휘어지는 라일락 묵은 가지처럼 그대에게로 휘어지고 싶다는 소망을 간직한다. 봄비가 라일락 가지를 지금 적시고 있다. 나는 휘어지고 싶다는 강한 의지를 담고 있다.

낭만적인 첫사랑쯤을 보여주는 서정시다. 위 시에서 나는 아름다운 솔베이지 노래를 듣는다. 이 시가 불러 주는 노래이리라. 시는 해석이 아니라 느낌으로 받아들이는 것이라고 한다. 어느 누군들 가슴이 뜨겁다면 이런 노래를 듣지 못할 이유를 만들 수 없을 것이다.

이 작품을 대하면서 시가 유기체가 되어야 한다는 말에 나는 적극 동조한다. 한 편의 시는 한 개체를 지닌 생명체로서 홀로서기가 가능해야 한다. 혼자서 독자에게 걸어가서 말을 하고 자신의 생각으로 독자를 감동시킬 수가 있어야 한다. 나는 유기체로서의 시를 종종 미녀에 비유하기를 즐겨 한다. 그것도 비키니 수영복을 입은 수영장의 미녀이다. 미녀는 누구나가 다 좋아한다. 군더더기 없는 자태에 우유빛이 도는 피부와 커다란 눈망울에 치렁치렁한 머릿결이 고와서 아름다운 뒤태를 가진 미녀라면 더욱 보고 싶은 욕구를 만들어 낸다. 시가 유기체가 된다는 말은 시가 가진 표현이나 의미들이 홀로서기를 한다는 의미다. 저자나 평론가가 덧붙이는 구구한 변명 없이도 누구에게 가서 당당하게 홀로 서서 자신의 아름다움을 자랑할 수 있는 힘과 용기와 주장을 펼칠 수 있는 작품일 것이다. 시가 가진 생명력이야말로 시를 황홀하게 만드는 가장 큰 힘이다.

봄꽃을 말린다
거꾸로 서서 말라가는 꽃은
겨울로 가는 먼 시간여행을 떠난다

제 속을 하얗게 비워내기 위해
햇빛과 비와 바람의 손끝을 뿌리치고
홀로서기를 시작한다

당당한 노인네 결기가 느껴져
고요한 벽 위에 걸어 두었다

모래바람 속으로 떠났던 꽃은
한 줌으로 줄어든 가벼움으로
고개를 든다

깡마른 얼굴에서는

결별을 고하는 긴 새벽과

겨울밤 뒤척이던 강물 소리가 들린다

채워진 물 쏟아내고

비워진 향기 담는다

—「홀로서기」전문

위 작품은 선물 받은 꽃다발을 드라이 플라워로 만들면서 내면에 일어나는 정서를 쉬운 비유로 보여준다. 홀로서기를 잘 하고 있는 작품이어서 어떤 요설도 덧붙여 주기가 꺼려지는 작품이다. 꽃다발을 선물 받고 그 사연이나 꽃의 아름다움을 오래 간직하고 싶어 드라이 플라워를 만들기 위해 벽에다 거꾸로 매달아 본 적이 있거나 그렇게 매달아 놓은 것은 본 적이 있거나 한 이들은 이 시가 가진 의미에 흠뻑 빠져들 수밖에 없다. 드라이 플라워로 자신의 수분을 죄다 뽑아버리고 퇴색한 몸빛으로 향기를 간직하고 있는 모습은 노인을 보는 느낌을 갖게 한다. '한 줌으로 줄어든 가벼움으로/고개를 든' 모습에서 생을 다한 꽃은 그것으로 끝이 아님을 항변한다. 어쩌면 우리들

삶이 끝나고 아무도 모르는 사후의 모습을 경고하는 엄숙한 장면을 보여주는 것은 아닐까하는 메시지가 선명한 작품이다.

허승희 시인의 작품에서 느끼는 세계는 눈에 보이는 것은 실재가 아니고 상징계에 속한다. 대상을 규정할 수 있다고 믿는 것은 상징계이다. 욕망을 환유의 구조로 이해한다. 욕망은 대상을 갈구하고 이때 대상은 뒤로 물러난다. 드라이 플라워가 감추고 있는 인간의 모습에서 허승희 시인은 '인간은 타인의 욕망을 욕망한다' 는 라깡의 욕망이론을 배운다. 대상은 알 수 없다는 게 실재계이며 대상을 향한 욕망은 해결할 수가 없다 그래서 시인은 끊임없이 새로운 대상을 찾아 나선다.

내 상상 밖에서
작약 한 송이 눈을 떴다
간혹 눈 맞추며 바라본 사이
꽃잎은 지고
한발 늦은 발걸음을 아쉬워하던 틈새로
씨방은 언 땅 디디고 섰다

내 상상 속에 든 꽃은
고개 내밀 수 없는 땅속 떠다니며

겨우내 헛발 디디다 눈물로 젖은 바닥

봄볕 꺼내 말린다

머뭇거리며 손 내밀던 높새바람

그 손 잡지 못해 떨어져 내린 꽃잎들

아직 비바람에 허둥대지만

겨울 속에 봄을 품고 섰다

돌아보면 눈부신 시간

꽃 피고 지고 구멍 난 틈새 사이로

각시 나비는 날갯짓한다

아직 시작되지 않은 겨울을 알면서도

둥글어진 어깨로 선

내 상상 밖의 그녀

꽃잎들이 푸른 물소리를 낸다

— 「봄빛 속으로」 전문

이 작품은 상상 밖의 세계와 상상의 세계를 드나들면서 스스로의 의미에 접근하는 태도를 담는다. 사물이나 자연은 본다는 욕망이 있으며 그것은 내가 사물을 봄으로써 이루어진다. 사물을 본다는 의미에는 사물을 내 생각 안에 담고 싶은 욕망이 담겨져 있다. 작약은 나의 상상 밖에 피어 있는 꽃이다. 그 꽃은 종종 나와 눈 맞추던 실재이며 꽃이 지는 것도 보지 못한 아쉬운 잠깐 사이에 꽃잎은 지고 씨방은 언 땅을 디디고 선다. 그때 부터 작약은 내 상상 속으로 숨어 든다. 씨방은 겨울 내내 헛발 디디며 움틀 날을 기다린다. 그러나 꽃피우지 못하고 눈물로 젖은 바닥을 봄볕에 꺼내 말린다. 그때 머뭇거리며 손을 내밀 던 높새바람, 그러나 그 손을 잡지 못한 꽃잎은 떨어지고 기다 리던 씨방은 비바람에 시달리지만 겨울 속에서 봄을 기다린다. 그 시간이 눈부시다. 시인은 상상력으로 꽃을 대한다. 꽃이 피 고 지는 그 구멍 속으로 각시나비가 날아 다니지만 아직 겨울 은 시작되지 않았다. 그러나 둥글어진 어깨로 서 있는 작약은 상상 밖에 실재하는 꽃이요, 꽃이 지고 씨앗을 맺고 겨울을 견 디는 작약은 나의 상상 속 틈새에 머물러 있는 꽃이다. 실재하 는 꽃과 상상 속의 꽃은 봄에서부터 겨울까지를 공유한다. 상 상 속에다 꽃을 피울 수 있는 허승희 시인은 실재하는 작약을 바라보며 실재하지 않는 작약을 만들어 낸다. 실재하지 않는 꽃은 시인의 내면에 새로운 씨앗을 맺고 겨울을 기다리는 꽃이 다. 그것이 시인의 자아이다.

풍주는 1940년대 주체 소멸의 현상학적인 시를 추구했다. 자 아의 주체를 배제하고 사물의 자체 목소리를 들으려 한 것이 다. 사물도 인간과 같은 타자이다. 사물에게서 말을 들으려고 기다려야 한다. 주체의 결핍과 욕망과 대상의 불확정성 속에서 사물이 가진 본질에 접근하고자 한 것이다. 사물의 목소리를 듣는 것으로 사물의 본질을 쉽게 이해할 수 있다고 믿었다. 사물이 하는 말을 알아들을 수 있다면 시인은 쉽게 시를 창작할 수 있을 것이다. 그러나 그러지 않는 것이 천만다행이다. 만약 그렇게 된다면 모든 시인들의 시가 동일해 진다는 갑갑한 현실이 탄생한다. 사물의 말을 들을 수 없기에 시인은 자신의 상상력에 의존해 사물의 본질을 찾기에 시가 다양해질 수 있다는 것이다. 그래서 독자들은 행복해질 수 있다. 시인마다 다르게 본질을 드러내기 때문에 독자들은 사물의 다양한 생각과 목소리를 들을 수 있게 된다.

홀로 먼 길 떠난 할머니는
마른 둥지 속에서
지붕을 이고 산다
볼 때마다 지붕은 풍선처럼 꺼져가고
어디 바람 새는 구멍이 있을 거라 여겼다

옆구리를 드나드는 비단벌레를 보고 알았다
여기서도 분주하시구나

손주들에게 피 내어주듯 벌레들에게도
살과 뼈 다 내어주고
한 뼘 한 뼘씩 낮은 곳으로 흘러가시는구나

반달 지붕에 찾아온 찌르레기에게도
그루터기 생생하게 날이 서서
베어도 길길이 일어서는 풀들에게도
자리 내어주고 있는 할머니

깊은 산 어둠도 깊어
길 떠나기 전처럼 둥지를 부둥켜안고 있다

— 「둥지」 전문

    의미가 선명한 위 작품은 돌아가신 할머니가 봉분을 써서 지
붕을 이고 산다는 발상으로 시작된다. 할머니 무덤 앞에서 할
머니의 생전 모습을 회상한다. 무엇을 이야기하고 있는지 설명
을 하지 않아도 확연하게 가슴에 와닿는 서사다. 시가 지닌 의
미가 투명하다는 의미다. 시에 무엇인가를 담고 있어야 한다는
나의 생각으로 이 작품에 눈이 머무는 순간 안개가 확 걷히는
느낌을 받았다. 살아 있는 유기체를 대하는 느낌이다. 시도 의

미의 전달체라는 정의를 신봉하는 나로서는 박수치며 본 작품이다. 요즘 젊은 시인들의 작품들에서 쉽게 발견할 수 없는 투명성을 지녔다. 그러기에 누가 보더라도 그 의미는 쉽게 전달된다. 독자들도 시를 읽으면 그 전달되는 의미로부터 위안을 받게 마련이다. 도대체 의미를 알 수 없는 시 앞에서는 시간과 노력이 아까울 지경이라면 그 시는 살아있는 유기체라 하기 힘들다. 허승희 시인의 작품들은 대체로 보여주는 의미가 선명하여 이론의 여지를 갖지 않는다. 시가 오래 남을 수 있기 위해서는 생명력을 지닌 유기체가 되어야 한다는 것을 새삼 일깨워 주는 작품이다.

2.

허승희 시인에게 사물은 타자이다. 내가 나무를 보고 있을 때 내가 나무를 보는 것이 아니라 나무가 나를 바라보고 내게 말을 걸어온다. 그에 따라 현란한 소통 놀이를 할 수 있다. 자신의 감상을 줄이기 위해 언어 탐구가 필요하고 이때 언어는 절대적으로 객관이 된다. 시인은 언어들의 침묵을 깨뜨리고 언어들이 말하는 소리를 들어야 한다. 사물도 각기에 알맞은 개성이 있다. 그 개성을 만나 시인은 자신만의 대화를 나누어야 한다. 이를 우리는 타자 인식이라 부른다.

 허승희 시인의 시적 표현법은 타자 인식에서 출발하는 것같다. 허승희 시인이 만나는 대상은 밖에 있는 것이 아니고 시인의 내부에 있다. 시적 화자는 이미 그렇게 설정해 놓고 사물을 만난다. 사물은 밖에 있지 않고 내 안에 있어 사물은 시적 화자가 되어 나를 바라보고 있다. 그렇기에 허승희 시인의 시에는 자아가 담겨져 있다. 사물의 실재를 말하기에 앞서 사물에 담겨진 자신의 모습을 발견하는 것으로 허승희 시인은 자신의 의미를 작품에 담는다.

잘 닦여진 사각 거울 속
부풀어 오른 내 그림자
찌든 민낯이 드러난 정지된 시간
눈치 빠른 거울 눈에서 벗어나고 싶어
하강 버튼을 누른다

문이 열리고 닫힌다
벽 속에서 나온 가면 하나
채워지지 않는 층계가 곁에 서 있다

— 「문이 열리고 닫히다」 뒷부분

위 작품은 엘리베이터를 타고 내려가면서 벽면에 세워진 거울 속의 눈과 만난다. 그 모습은 피할수록 자꾸만 눈에 들고 부피가 점점 커져 내가 감당할 수 없는 부피가 되어 나를 밀어 부친다. 벌거숭이가 된 나를 만나고 나를 비추는 거울을 벗어나기 위해 하강 버튼을 눌러 밖으로 피한다. 그렇게 해도 벽에서 나온 가면 하나 그것은 나의 또 다른 모습이다. 거울을 바라보았는데 결국 네게 숨은 또 다른 가면을 찾아내게 되었다는 구도다. 가면 쓴 나의 모습은 자신이 발견한 자신의 모습이다. 가면은 본질의 모습을 가려주는 도구이기도 하다. 그런데 본 모습은 겉으로 드러나지 않는다. 겉모습을 가면이라고 인식하는 데는 진실한 자신이 존재한다는 것을 은연중에 드러낸다. 하지만 본질과 가면은 결국 둘 다 나의 모습을 이루고 있는 실체라는 것을 실토하는 작품이기도 하다. 그래서 가면 이미지는 다른 작품에서도 등장한다.

늦은 밤
유리창 한쪽에 서 있던 빗방울들이
탈춤을 추기 시작한다
유리창은 오래된 무대가 되고
관절을 꺾어 부딪치며

눈물 한 번 흘릴 여가도 없이
순식간에 사라져 버리는 그들만의 축제
나도 함께 춤을 춘다
빗방울 손을 잡고 흘러내린다
바닥도 없이 추락해 버리는 나

어느 역에 닿을 것인지
떨어져 내리는 묵은 상처들
불러내는 낯선 주름
잿빛 흙 한 줌
내 그림자는 어둠 속에 몸을 누이고
어느 산골짝 간이역에서
풀빛 추억 하나로
춤추고 있을 가면을 본다

— 「빗방울 유희」 전문

소외당한 빗방울이 흘러내리며 춤을 출 때 나도 따라 춤추지
만 나는 바닥도 없이 추락해 버리고 내가 닿을 종착역은 낯선
주름과 잿빛 흙으로 둘러싸인 어둠 속이다. 내 그림자는 몸을
누이고 추억 하나로 춤추는 가면이 아니겠는가? '어느 산골짝

간이역에서/풀빛 추억 하나로/춤추고 있을 가면을 본다'와 같은 표현에서 허승희 시인이 도달하고자 하는 실재를 엿볼 수가 있다. 유리창에 흘러내리는 빗방울을 들여다보면서 종내에는 자신의 그림자가 가면을 쓰고 춤추는 것으로 치환된다. 이는 빗방울과의 교감이 있지 않으면 불가능한 상상력이다. 유리창에 떨어지는 빗방울 하나에서도 자신의 실재를 드러낸다. 이런 모습은 허승희 시인의 작품 전반에서 나타나는 일관된 형태라고 보인다.

'내가 가진 것 같지만/ 나를 주머니에 넣고 다니는 시계/ 시곗바늘에 흔들리며/ 밥 먹고 목매단 내가 있다'(「사과 한 알」)

'발뒤꿈치에서 출렁이는 강물/푸른 신호등은 아직 수리 중이다'(「내게 오지 않는 것들」)

'재활용센터에 간다/ 녹슨 콘센트 날개 잃은 선풍기/ 한 살림 차려져 있다/ 손때 묻은 기억이 기지개를 켜고/ 한 번도 눈 맞춰 본 적 없는 눈동자들/ 젖은 눈빛으로 나를 바라본다'(「재활용센터 장미넝쿨」)

'일주문에 노을빛이 스미고 새 그림자 하나 노을을 끌고 간다 담벼락에 기대어 선 얼굴 없는 돌 아저씨들 억겁 시간 뛰어넘은 속없는 웃음으로 꺼낼 것 없는 가방 비우라 한다// 보이지 않는 바닥 들여다보니 더듬거리며 채우기만 했던 허기들 빈 가방 속에 얼굴 없는 내가 가득이다' (「운주사 와불」)

허승희 시인이 사물과 만나는 최초 인식 방법은 시각에 의존한다. 대상을 바라보는 것에서부터 출발한다. 내가 보기도 하고 대상이 나를 보기도 하는 일순간의 눈 맞춤에서 시작하여 점차 시선이 따라가는 내면에까지 몰입해 간다. 대상에 가서 나를 찾고 대상 밖으로 나선다. 그때 사물 안에는 나의 모습이 생성되고 내 안에는 나를 담은 사물이 내재하게 된다. 그렇게 사물과 만나서 언어놀이를 하고 돌아온다. 손안에는 가득 자신의 모습을 담는다.

마트 진열대 고등어 한 마리
충혈된 두 눈 뜨고 있다
얼음 속에 누워 출구를 바라본다
닫힌 문 사이로 파도가 보이는지

꽃불 찾아 솟구쳐 올랐던 헛발질
달빛 그물에 엮여버렸다
하늘은 종잇장이 되어 구겨지고
토막 난 꿈은 살 속에 박혀 뜨끔거린다

살다 지쳐 넘어지는 날
허공 속에 무수히 구멍을 내고
달리던 열차 마지막 칸에서 뛰어내렸지만
빈 눈에 고인 건 짠 바람 뿐이다

푸른 등은 도마 위에 올려지고
바다의 심연에 가 엎드린 눈
바다는 아직도 두 눈을 뜨고 있다

―「고등어 눈」 전문

장 보러 마트에 가서 생선가게 진열대 위에 누운 고등어와
눈이 맞았다. 시적 화자는 얼음 속에 누워 출구를 바라보는 고
등어 눈에 비치는 파도를 찾아낸다. 고등어는 집어등이 보내는
화려한 불빛의 유혹을 떨치지 못하고 그물에 엮여 버렸다. 빠
져나갈 수 없는 하늘은 구겨지고 먼 대양을 누비려던 꿈은 살

속에 박혀 아픔을 줄 뿐이다. 이런 모습은 비단 고등어가 간직한 아픔이 아니라 시적 화자가 가지고 있는 회한이 된다. '살다 지쳐 넘어지는 날/ 허공 속에 무수히 구멍을 내고' 달리던 열차의 마지막 칸에서 뛰어내려야 했던 지난날들의 모습이 떠오른다. 고등어 푸른 등은 도마 위에 올려지고 바다의 심연에 가닿은 눈은 죽음을 바라본다. 그 죽음 끝에서 바다는 아직도 두 눈을 뜨고 있는 현실을 버리지 못한다. 고등어 눈과 마주친 순간 고등어가 가진 삶이 나의 삶에 이입되면서 일체화를 이뤄낸다. 애초에 고등어와 눈이 마주쳤을 때부터 화자의 결론은 결정지워져 있던 것이다. 피할 수 없는 방정식이 시인이 만나는 사물들과 결합 된다. 이 방법론이 바로 타자인식이라는 손쉬운 방법이지만 결코 흉내 낼 수 없는 허승희 시인에게 특화된 고도한 장치가 아닐까한다.

살아 있다는 것은 숨 쉬는 영혼이 존재한다는 것이다. 스스로 생각하고 말하고 움직이는 주체를 말한다. 유기체는 멀리 가고 또한 오래 존재한다. 그것을 생명력이라 부른다. 유기체가 된 시는 시인이 이 땅을 떠난 뒤에도 살아남아 사람들 가슴에 감동과 행복을 심어 줄 수 있게 된다. 그렇게 해야 하는 것이 진정한 유기체인 것이다. 그런데 생명력을 불어넣기 위해서는 숱한 땀과 피를 더하는 뼈를 깎는 고통을 감내한 뒤에야 가능한 일이다. 가슴에 와닿는 시 그것이 살아있는 시라고 말 할 수 있다. 허승희 시인이 타자로 인식하는 사물들은 생활 속에서 만나는 친근한 사물들이다. 그것에다 자신의 내면에 숨겨두었던 의미를 쉽게 꺼내 남의 말 하듯이 인식된 타자로 하여금 쏟아내게 한다. 사물들 속에 숨어있는 자신의 모습을 찾아낸다. 그러고는 배설의 만족을 느낀다. 이 작품집에 실린 작품들은 결코 쉽게 씌여진 작품이 아님을 편편마다 살아남은 의미들이 말해 주고 있다.